FILHA DO FOGO

Elizandra Souza

FILHA DO FOGO

12 contos de amor e cura

São Paulo
2023

© Elizandra Souza, 2022

2ª Edição, Global Editora, São Paulo 2023

Jefferson L. Alves – diretor editorial
Gustavo Henrique Tuna – gerente editorial
Flávio Samuel – gerente de produção
Roman Samborskyi e And-One/Shutterstock – imagens-base para arte da capa
Taís Lago – arte da capa
Equipe Global Editora – produção editorial e gráfica

Dados Internacionais de Catalogação na Publicação (CIP)
(Câmara Brasileira do Livro, SP, Brasil)

Souza, Elizandra
    Filha do fogo : 12 contos de amor e cura / Elizandra Souza. –
2. ed. – São Paulo, SP : Global Editora, 2023.

    ISBN 978-65-5612-524-4

    1. Contos brasileiros 2. Literatura afro-brasileira 3. Literatura brasileira – Escritoras negras I. Título

23-164727   CDD-B869.3

Índices para catálogo sistemático:
1. Contos : Literatura brasileira   B869.3

Tábata Alves da Silva – Bibliotecária – CRB-8/9253

Obra atualizada conforme o
NOVO ACORDO ORTOGRÁFICO DA LÍNGUA PORTUGUESA

Global Editora e Distribuidora Ltda.
Rua Pirapitingui, 111 – Liberdade
CEP 01508-020 – São Paulo – SP
Tel.: (11) 3277-7999
e-mail: global@globaleditora.com.br

 grupoeditorialglobal.com.br   @globaleditora

 /globaleditora   @globaleditora

 /globaleditora   /globaleditora

 blog.grupoeditorialglobal.com.br

Direitos reservados.
Colabore com a produção científica e cultural.
Proibida a reprodução total ou parcial desta
obra sem a autorização do editor.

Nº de Catálogo: **4578**

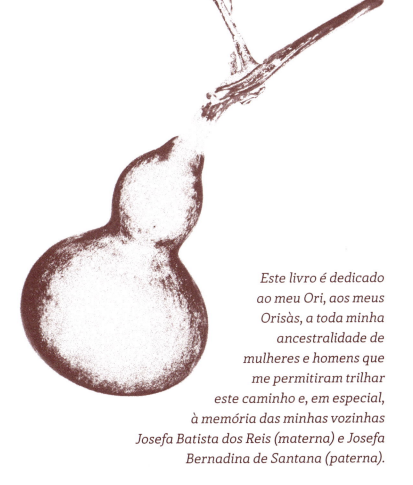

Este livro é dedicado ao meu Ori, aos meus Orisàs, a toda minha ancestralidade de mulheres e homens que me permitiram trilhar este caminho e, em especial, à memória das minhas vozinhas Josefa Batista dos Reis (materna) e Josefa Bernadina de Santana (paterna).

SUMÁRIO

9   Filha do fogo *e os enredos sankofas* • *Dinha*

19   Filha do fogo

25   A primeira vez que fui ao céu

31   Dona da cumbuca

37   O tênis de Obary

45   Afagos

55   Antes que as águas da cabaça sequem...

63   N'anga: a curandeira

69   Muita trovoada é sinal de pouca chuva

77   Com tradição

87   Quando a Lua não está cheia, as estrelas ficam mais brilhantes

95   Disritmia

103   As sete calcinhas de Jandira

111   *Sobre a autora*

FILHA DO FOGO E OS ENREDOS SANKOFAS

Dinha*

Elizandra Souza e eu temos uma história de mais de vinte anos, quando, no final dos anos 1990, ambas envolvidas com o movimento hip-hop, circulávamos pela cidade de São Paulo conhecendo grupos organizados cujo sonho era propagar a cultura e fazer deste um mundo melhor para nós, então jovens periféricas, vivermos.

Foi nesse contexto que nos conhecemos. Elizandra visitava muito meu bairro, o Jardim São Savério. Aliada dos meus aliados, logo se tornou minha também e

---
* Maria Nilda de Carvalho Mota é poeta, editora independente, integrante fundadora da Coletiva Edições Me Parió Revolução e pós-doutorada em Literatura e Sociedade pela Universidade de São Paulo.

começamos a trocar nossas primeiras produções editoriais, os fanzines. Ela me apresentou seu Mjiba (fanzine de mulher negra revolucionária) e eu lhe entregava meus poezines.

Com o tempo descobrimos que não tínhamos em comum só o hip-hop, a literatura e os zines: éramos ambas retirantes nordestinas, meninas sobreviventes ao caos da cidade de São Paulo, falantes de uma variante linguística ainda mais desvalorizada que a comum nas periferias, nosso habitat, e, sim, futuras grandes escritoras.

Sempre que me perguntam por que Elizandra e eu somos consideradas as maiores referências na Literatura Periférica Feminina eu me lembro desta cena: ela andando pelo meu bairro, Mjiba na mão, declamando seus versos. Eu fazia o mesmo por onde quer que fosse.

Então, acontece que nossos textos circularam oralmente e por escrito, desde o final dos anos 1990, com os zines e os saraus espontâneos que aconteciam sempre ao final de cada encontro dos grupos organizados de hip-hop, as chamadas "posses", muito comuns nessa época. Por isso, somos referência: somos as mais velhas do rolê.

Desde que conheço essa moça, ela tem sido como um ponto de apoio – alguém que, estando perto ou distante, eu olho pra ela e me vejo: menina negra, migrante, nordestina e valente: enfrentando a vida com palavras e provando que literatura provoca a imaginação, mas está longe de ser só um sonho abstrato.

A grande escritora brasileira Nélida Piñon, em entrevista à *Revista Cult* no ano de 2017, afirmou que não se importava com os obstáculos impostos a ela como mulher na carreira literária, pois, segundo ela, este é um ofício que "exige nervos" e estava ciente disso.

Sem querer fazer choramingos – e se eu fizer, Nélida há de me perdoar, porque era uma mulher sensível –, os desafios são consideravelmente maiores para nós, as mulheres negras e periféricas, já que precisamos lidar com as opressões de gênero, classe e raça, tudo ao mesmo tempo e agora.

Enquanto escrevemos, lidamos com a iminência do fim do mundo: a desconfiança baseada apenas na cor da nossa pele, o preterimento nas relações afetivas, em detrimento de padrões de beleza mais próximos ao caucasiano, e o apagamento de nossas existências por meio da cegueira seletiva que acomete toda a nossa sociedade e invisibiliza as conquistas e qualidades da população negra em nosso país.

Hoje, Elizandra e eu somos escritoras plenamente reconhecidas, pois sempre tivemos "nervos" para isso, mas a urgência da vida, que se traduz em ganhá-la, mantê-la e fazer com que seja, no mínimo, razoável, nos coloca em constante estado de agitação. Não nos é permitido parar para, por exemplo, estudar assuntos que não representem um ganha-pão imediato e nossas leituras são apressadas, ou não ocorrem em quantidade adequada.

Disso, temos dois resultados imediatos: por um lado escritoras negras e periféricas tendem a escrever somente a partir do que conhecem, fazendo com que nossa literatura tenha muitos traços de memória e vestígios autobiográficos, limitando nossos horizontes ficcionais; por outro lado, ao sermos obrigadas a ficcionalizar com base em nossas vivências (individuais e coletivas, de classe), arejamos uma cena literária já bastante saturada dos enredos classemedianos, brancos, héteros e masculinos. Nossas "escrevivências", como diria a grande mestra Conceição Evaristo, salva a literatura brasileira da chatice.

Filha do fogo, terceiro livro de Elizandra Souza, apresenta bem essas duas características. A autora areja a literatura brasileira trazendo vestígios de memórias afetivas de uma população que só recentemente passou a figurar nas obras literárias como sujeitos completos. Nos doze contos de amor e cura encontramos metade deles ambientada, completa ou parcialmente, na infância de crianças negras, mas narrados, em sua maioria, por uma voz posicionada mais à frente no tempo.

A exceção seriam os contos "Dona da Cumbuca" e o "O tênis de Obary". O primeiro, narrado em terceira pessoa, tem enredo calcado no presente, e o segundo tem um narrador-protagonista que não é uma pessoa e, embora esteja rememorando acontecimentos, seu status de objeto inanimado não nos autoriza a lhe atribuir características plenamente humanas.

Os outros quatro contos ambientados na infância, "Filha do fogo", "A primeira vez que fui ao céu", "Afagos" e "As sete calcinhas de Jandira", têm em comum a narrativa em primeira pessoa e esse foco narrativo sankofa – que olha para trás, para o passado, numa destemida missão de alterar o presente e o futuro.

Este símbolo adinkra – cujo nome tem origem ganesa, nos idiomas twi ou axante, formado pelos termos *san* ("retornar"), *ko* ("ir") e *fa* ("buscar") – significa algo como "volte e pegue", e é o que as personagens, narradores e narradoras de Elizandra Souza, fazem: voltam e pegam as tradições, as memórias, as dores e as alegrias, ressignificando-as todas à luz do presente.

E, sim, o presente e o futuro exigem serem modificados, sob pena de serem perpetuados os males redesenhados por Elizandra e que estão muito bem retratados em contos como em "Muita trovoada é sinal de pouca chuva" – em que a personagem principal se depara com uma personalidade hétero padrão e precisa lidar com suas contradições e mazelas – ou, ainda, em "Quando a Lua não está cheia, as estrelas ficam mais brilhantes" – texto de enredo angustiante em que a protagonista, Jamilah, enfrenta a sensação de menos-valia quando é confrontada com reproduções de comportamentos racistas, vindos de uma grande artista que admirava:

> A conversa ficou um tanto esquisita, misto de deboche da assessora caucasiana e de preocupação da vendedora. Jamillah se despediu e foi com a mente fervendo: "Nossa, por que Zael não consegue enxergar que eu tenho a mesma profissão da Leonora, sua branca assessora de imprensa? Ela pensa que estou agindo por interesse e não por admirá-la musicalmente como todos os demais fãs? Ela não imagina que tenho um emprego com salário de nove mil reais, estou financiando um apartamento na região central e não comprei carro porque priorizo uma casa? Ela não sabe nada de mim e não se interessa pela minha história. Isso me deixa muito decepcionada. Ela canta sobre empoderamento da mulher negra e não vê em mim uma jornalista porque sou negra?". (Quando a Lua não está cheia, as estrelas ficam mais brilhantes)

Mas os contos mais bonitos, em minha opinião, são os que Elizandra Souza deixa entrever sua veia poética, tão bem expressa em suas obras do gênero poesia, seja na rememoração de aspectos de sua própria infância, seja na presença marcante das mulheres mais velhas, as ancestrais:

> Eu ficava ouvindo vozinha contar histórias para minha mãe, planos de guardar dinheiro para comprar um dente de ouro, fofocas sobre minhas tias, que uma delas estava com os peitos grandes e, na certa, era bucho cheio novamente. Algumas decisões, se deveriam comprar mais bois ou guardar o dinheiro para uma precisão. Também ensinava os banhos de ervas que precisava fazer para acalmar as crianças, no caso, eu e a minha irmã mais velha – a destemida, a filha do caçador." ("Filha do fogo")

Ou na construção de imagens e metáforas dançantes de liberdade e prisão:

> Por muito tempo, seu sentimento fora de que o mundo era uma redoma dançante e que só ela estava presa, sem saber a melodia. Ela, moça, cor de ébano, apenas observava como coruja e voava silenciosamente. Encostada com a perna flexionada e com as palmas apertando a parede. Devorava, sem mastigar, um samba de coco. Os dançantes, folhas na ventania, sorriam, jogando seus corpos e batendo os pés. (Disritmia)

Por fim, há também aqueles que, como "Antes que as águas da cabaça sequem", mesclam um lirismo que beira o bucólico, com ares mitológicos:

Ao longe, sob a luz do pôr do sol, carregando uma enorme cabaça, vinha caminhando uma mulher na margem do rio. E, na outra margem, seu povo clamava: "Venha, antes que as águas da cabaça sequem...
(Antes que as águas da cabaça sequem)

Ao realismo mais desprezível do nosso cotidiano:

Outro dia na fila do supermercado, com um xampu de Aloe Vera nas mãos, uma mulher questionou-a:
– Como que você lava isso aí?
– Não entendi.
– Como você lava? É de lã? Como você lava o seu cabelo?
– Eu coloco xampu, massageio e enxáguo... Então, do mesmo jeito que você lava o seu, eu lavo o meu!
– Mas como você faz? Como seca? Não apodrece?
(Antes que as águas da cabaça sequem)

Com *Filha do fogo*, Elizandra adiciona mais um tijolo para a construção de um país em que grandes escritoras, como Conceição Evaristo e Geni Guimarães, podem também ser reconhecidas, desde muito cedo, como foi a querida Nélida, como sendo grandes potências literárias, em vez de envelhecerem como ilustres desconhecidas da imensa maioria do povo brasileiro.

Aguardamos o tempo em que possamos seguir transformando a literatura brasileira sem ser pela força das opressões de gênero, raça e classe, mas sim pela nossa alegria, nosso talento e pela força dos nossos enredos sankofas.

Elizandra, minha irmã, seguimos juntas ainda nesta construção.

Axé!

FILHA DO FOGO

Nasci Inã, filha do fogo. As brasas acesas, avermelhadas e vibrantes são uma dança que meus olhos aprenderam desde cedo a contemplar. Quando tinha dois anos, conheci a mandinga praticada pela minha vó. O fogão à lenha era seu companheiro de muitas horas: ela colocava a madeira, abanava as brasas, cozinhava feijão, assava pão, fervia leite, fazia doce de caju – só ela alcançava aquele saber. Quando ela não estava no fogão à lenha, estava procurando os ovos que as galinhas botavam no meio da roça, secando carne ao sol, aguando suas rosas, bugarins, comigo-ninguém-pode, espadas-de-são-jorge ou colhendo pimenta, cebolinha, coentro e manjericão. Eu acompanhava tudo o que ela fazia, de dentro de casa, porque eu tinha medo de tudo, mas também era muito curiosa.

Eu ficava ouvindo vozinha contar histórias para minha mãe, planos de guardar dinheiro para comprar um dente de ouro, fofocas sobre minhas tias, que uma delas estava com os peitos grandes e, na certa, era bucho cheio novamente. Algumas decisões, se deveriam comprar mais bois ou guardar o dinheiro para uma precisão. Também ensinava os banhos de ervas que precisava fazer para acalmar as crianças, no caso, eu e a minha irmã mais velha – a destemida, a filha do caçador. Ela ficava sempre do lado de fora, conhecendo a fazenda, aprendendo as coisas do vento, montando em cavalos, subindo nas árvores, correndo com os cachorros...

Morávamos na cidade e minha vozinha na Fazenda Cauê, onde cresceram minha mãe e minhas tias. Às vezes, as lembranças de minha mãe se confundem com as minhas. As dela, cativeiro com manhãs intermináveis, cozinhando para seus irmãos mais novos. As minhas têm a memória da infância e das labaredas do fogão à lenha.

Quando fui crescendo, acordava cedo só para ver vozinha acender o fogão. Me acalmava e me acolhia esse momento. Ela sempre pedia para que eu fosse buscar lenha, essa era a parte mais penosa; eu reclamava, pois não queria perder nenhuma chama.

O ritual começava cedo. Seguíamos eu e meus bracinhos pretos como os galhos que recolhíamos das árvores. Essa tarefa era sempre feita em dupla, revezando com minha tia mais moça ou com minha irmã mais velha. Eu esticava os braços e elas colocavam as lenhas. Eu levava menos do que poderia carregar. Quando era a vez de uma delas, eu caprichava no número de lenhas, para garantir que teríamos muito fogo o dia inteiro.

Um dia minha vozinha atrasou. A ansiedade e a tensão tomaram conta de mim. Minhas mãos ficaram frias e trêmulas e o coração acelerado. Ela nunca se atrasava. E se ela não voltasse? E se eu não pudesse mais ver o fogão sendo acesso? Então, tomei uma decisão... Peguei as lenhas no quintal, coloquei-as dentro do fogão, chocalhei o dendê e acendi pela primeira vez o fogão à lenha. Sozinha! Eu já contava sete anos, me vi refletida nas chamas junto da imagem de vozinha e ali renasci filha do fogo...

A PRIMEIRA VEZ QUE FUI AO CÉU

Era embaixo do cajueiro, na fazenda do meu avô, no Cauê, interior da Bahia, onde ele ficava. Nas férias do meio do ano, em uma tarde de sol quente, eu vi um pela primeira vez. Estava na fazenda vizinha. Fiquei em estado de encantamento como se estivesse hipnotizada, quis um pra mim.

Na manhã seguinte, inquieta no café, movimentando as pernas embaixo da mesa, com as mãos procurando o que mexer, os olhos faiscavam de expectativa, indiferentes ao desgosto de minha avó diante dessa minha alegria.

Apesar de vozinha não gostar, a devoção de meu pedido ao meu avô foi tão forte que, com o sol já passado do meio-dia, mas ainda faltando horas para alcançar os braços da lua, ele voltou da lida trajando sorriso de rei e trazendo nas mãos cordas e madeira.

Minha avó tentou convencê-lo: "Se essa menina se machucar, você é o culpado!" Vejam se eu, já com oito velinhas sopradas, perto de alcançar mais uma, me machucaria?

Vovô quase cedeu a ela num primeiro momento, mas confessei minha preferência por ele e prometi que tomaria cuidado. Isso e um beijo no rosto lhe deram disposição para começar a construir meu divertimento.

Eu observava atenta, nem tão perto para não atrapalhar, nem tão longe para não me descuidar de detalhes da construção: as cordas sendo presas nos galhos do cajueiro e depois sustentando a madeira. Estava em guarda, como quem espera a hóstia consagrada e a primeira comunhão.

– Dara!!! Daaaara!!!!!

Eu ouvi meu nome de dentro de um transe, arrebatada pelo trabalho que acompanhava. Foi quando me dei conta de que estava pronto para a estreia, mas eu precisaria esperar, pois o sol já tinha partido e as estrelas dominavam o céu. Era perfeito. Se eu pudesse, dormiria lá, de olhos bem abertos, vigilantes. Seria possível?

– Dara!!! Daaaara!!!!!

Fomos jantar. Eu já estava com a barriga bem cheia de felicidade, mas ainda assim queria devorar a noite para que o grande dia chegasse.

Após a refeição, nos reunimos para a oração, vovô sentado na rede, vovó no tamborete, eu ajoelhada diante do crucifixo da varanda, todos iluminados pela luz do candeeiro. As preces eram sempre as mesmas... Pai Nosso, Ave Maria, Anjo da Guarda... Eu, que sempre fingia devoção, rezei naquela noite colocando pontuação em cada frase. A ausência das minhas irmãs – se elas estivessem, não parariam quietas, me cutucariam, ficariam rindo baixinho, me beliscando – e o sonho de um dia inteiro fizeram com que eu me comportasse e agradecesse, de fato, nas preces daquela noite.

Quase não dormi. Acordava toda hora, espiava pela fresta da janela, mas ainda continuava escuro. O sol tardou, mas entrou devagarinho pela fenda da janela e eu pulei da cama. Fui direto, correndo de encontro à minha nave...

– Pode ir voltando, mocinha! Escove os dentes e tome café. E cadê a benção?

– Benção, vozinho.

– Deus lhe abençoe!

Cabisbaixa, mas com ligeireza, fui fazer o que me foi ordenado. Quando terminei, vovô me esperava no cajueiro como um guerreiro, já dando de imediato algumas orientações, de como tomar cuidado com as lagartas de fogo, não colocar os pés no chão e não aumentar a velocidade.

Sentei-me, posicionei as mãos nas cordas, vovô puxou para trás a madeira em que eu estava sentada e soltou...

Fui ganhando velocidade a cada vez que ele empurrava as minhas costas.

Fechei meus olhos, sentindo o vaivém... O cajueiro soltava as folhas como se estivesse emocionado... O vento acariciava o meu rosto... Me sentia completa e livre no meu balanço. Eu estava no céu!

DONA DA CUMBUCA

Jani era como uma folha solta, levada pelos ventos, principalmente os que vinham acompanhados de cheiro de flores. Com seus sete anos, ela sabia o dia exato da sua felicidade e dos convites irrecusáveis. Era, no começo da primavera, final do mês de setembro, era aquela euforia.

Aprendeu a aguçar seu olfato desde os dois anos de idade, quando chegou miudinha naquela cidade. Toda aquela gente atenta no dia em que Jani recebera o posto de uma das sete crianças coroadas pela primazia.

Todos os anos, naquela data, ela e o vento pareciam repetir a mesma rotina. Bem cedinho, era despertada pela alvorada que acompanhava o aroma característico daquele dia. Ela se deixava levar pelo recado trazido pelo vento: passeava perto da porta de onde exalavam as risadas das panelas e a batucada das facas e do pilão.

Jani peregrinava na frente da casa da Dona Dudu, andando em câmera lenta. Dona Dudu era uma das moradoras mais antigas do bairro. Aos seus 65 anos, trazia a intensidade de um café com mel e uma pele preta, sempre acolhedora, assim como a sua casa com as portas sempre abertas. Em sua morada, no batente de cima, tinha uma espécie de cortina de palha, conhecida como mariô. Havia momentos em que o som dos atabaques e da sineta adjá soava por horas. Dona Dudu tinha muitos filhos. Nem todos moravam em sua casa, mas sempre a visitavam trajando roupas brancas e tomando a benção. Nessas ocasiões, a casa estava sempre cheia.

E, quando Jani passava, Dona Dudu sempre a avistava por entre as frestas do mariô, lá de dentro, e gritava:

– Oh, mia fia, diga pra sua mãe que na hora do almoço vamos juntar as crianças! Venha e traga sua irmã.

– Tá, minha tia, eu venho!

Dizem que as crianças só querem doces. Jani não seguia essa regra. Ela pensava no arroz, no vatapá, no caruru, no xinxim de galinha e desenhava nos pensamentos suas mãozinhas negras mergulhando na cumbuca. Mas este ano estava tudo muito estranho. Jani ficou sabendo que a Dona Dudu não conseguira o dinheiro para comprar os dois mil quiabos que tinha prometido aos Santos. Jani estava inquieta com essa situação. Tomou banho, brincou, assistiu à televisão, mas a hora do almoço não chegava. E se não tivesse a festa dos santos meninos?

Para se distrair, ela se debruçou sobre a janela, olhou a rua e acompanhou uma formiga que estava com dificuldade para subir a ladeira da porta. Mas seu alvo principal continuava sendo a casa de Dona Dudu. Até que ela começou a sentir aquele cheiro forte, que embriagava os seus sentidos e a fazia sonhar de olhos abertos. Avistou Dona Dudu acenando para que ela fosse até lá.

Assim que chegou, viu as seis crianças aguardando por ela, sentadas no chão, em volta de uma toalha branca, com todo aquele banquete que somente os deuses e os privilegiados podiam degustar. A música apaziguou a sua angústia: *"Cosme Damião vem comer seu caruru, eu hei de todo ano fazer caruru pra tu..."*

O TÊNIS DE OBARY

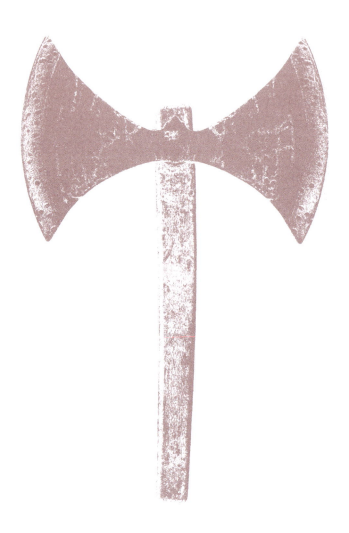

Segunda-feira, como outra qualquer, e eu estava lá, em cima de uma barraca, esperando que alguém pudesse me levar para casa. Todos os meus iguais já tinham ido embora, só restavam eu e o número 36. Muitas pessoas passavam me olhando, colocavam a mão em cima de mim, me viravam de cabeça para baixo para ver o meu solado, se eu era resistente, se eu era confortável. Eu só queria ir ao parque e me divertir um pouco. Sentir a grama, a terra, talvez o vento ao pedalar uma bicicleta.

Até que chegaram uma menina pretinha, sua mãe e sua irmã, que logo calçou o 36 dizendo para a mãe que estava perfeito. Então a menina pretinha começou a me experimentar. Ela tentou de tudo que era jeito, nos dois pés, estava suando, afrouxou o cadarço... Percebi que seus dedos estavam encolhidos. Eu não me encaixava perfeitamente nos seus pés. Provavelmente ela era número 34. Sua mãe, impaciente, começou a apressá-la: "Vamos logo, Obary, por que você está demorando tanto? Essa menina só me dá trabalho, até para escolher um tênis é essa demora."

Obary, então, disse para sua mãe que estava perfeito. Como assim? Ela estava desconfortável. Nós dois sabíamos disso! Mas foi como se ela tivesse piscado para mim e me pedido segredo. E, então, eu, número 33, me encaixei desconfortavelmente em seu pé 34 e segui com ela.

Em nosso primeiro dia na escola, ela caminhava meio cambaleando e olhando para mim. Seus dedos iam me dilacerando. Ouvi a menina falar para as colegas que estava com tênis novo, o pai havia enviado o dinheiro de São Paulo. Quando ela se sentou à carteira, me tirou dos pés para descansar os dedos que estavam esmagados dentro de mim. Foi quando um colega, que não gostava muito dela, me raptou e começou a me jogar de um lado para o outro, até que eu caí dentro da lixeira. Obary me recolheu aos prantos: eu havia me sujado com catchup de algum lanche que alguém não havia comido inteiro.

Na hora do intervalo, ela tentou me limpar com papel higiênico molhado, mas eu fiquei mais sujo e manchado. As minhas três listras azuis estavam avermelhadas e o branco já estava empoeirado. As colegas a chamaram para brincar de queimada. Ela foi, mas sentiu os dedos latejarem. Já não confiava em me tirar dos pés para aliviar um pouco a dor. E falou para as colegas que estava cansada. Normalmente, ela gostava de brincar, mas nem sempre era chamada. Ela sabia que o convite tinha uma razão: eu, seu tênis novo.

Obary tentou ler um livro, mas as lágrimas passaram a afogar as palavras e ela já não conseguia se concentrar e escondeu seu rosto. Quando aquele menino que a perseguia passou – o mesmo que me jogara na lixeira –, ele puxou o livro das mãos pretas dela e saiu correndo. Ela foi atrás do menino e eu consegui ajudá-la a correr mais rápido. Quando o alcançou, tomou o livro das mãos dele e cuspiu em seus pés. E disse: "Eu te odeio. Nunca mais encoste em mim e nas minhas coisas."

Mas quando ela virou as costas para ir embora, ele a empurrou no chão. Os dois foram levados para a diretoria para que pudessem fazer as pazes, mas Obary não olhava nos olhos dele. Seu olhar se fixava em mim. Ela e o garoto ficaram suspensos por dois dias.

Nesse tempo, ela me lavou, me deixou novamente limpo e me colocou para secar ao sol. E como não se usa tênis dentro de casa, fiquei quieto num canto, mas logo já estávamos eu e Obary indo para a escola novamente. Os dias iam passando e, com o uso e a lavagem, os dedos iam ficando cada vez mais confortáveis e ela não precisava me tirar dos pés para aliviar a dor.

Com o tempo, ela já não me olhava com aquela mesma admiração inicial. Às vezes, eu ficava na varanda porque a mãe dela falava para não me deixar entrar sujo da rua dentro de casa.

Lembrei que meus ancestrais sempre falaram que seríamos a base e o alicerce na vida das pessoas, que desfrutaríamos das suas rotinas. Mas quando íamos nos tornando gastos já não teríamos a mesma importância e logo seríamos substituídos. Falavam também de épocas em que quem usava qualquer calçado era considerado uma pessoa livre e bem-sucedida, diferente de agora, que somos usados somente para proteger e aquecer os pés.

O dia hoje está estranho, parece que Obary não vai à escola. Estou ansioso para ir para a rua, mas tenho que ficar esperando que ela venha até mim. Não poder tomar iniciativas é uma das coisas ruins. Minha vida é esperar, esperar e esperar...

Finalmente, ela está vindo, mas parece diferente. Está me calçando. Acho que vamos sair. Vamos, sim! Eu, Obary, sua mãe e sua irmã. Para onde estamos indo? Não conheço esse caminho. E quem é aquele homem? Nunca o vi por aqui... Ah, deve ser o pai dela, de quem ela sente tantas saudades.

Vejo os pais de Obary se beijando. As meninas estão felizes. E elas ganharam algo que está dentro de uma

caixa enorme. Elas não vão esperar chegar em casa.
Que linda, é uma bicicleta vermelha retrô! Uma bicicleta
para duas? Melhor que nada!

Sua irmã mais velha vai andar primeiro. Nossa, ela já sabe andar! Quando será que aprendeu? Agora é a vez de Obary. Ela não consegue se equilibrar, e se não fosse eu, se esborracharia no chão. Graças a mim que ela não quebra a cara. Ela tá indo, mas é uma desequilibrada, parece que está bêbada.

Agora vai... Vai, pedala, vai, pedala... Eu te ajudo... Vamos... Ai, que vento bom... Nossa... Ela conseguiu... Desvia do carro! Nossa, vai mais rápido! Eita, já estamos chegando na rua onde moramos. Isso, levanta os pés, me deixa suspenso no ar. Me sinto voando!

Que delícia viver nos pés de Obary!

AFAGOS

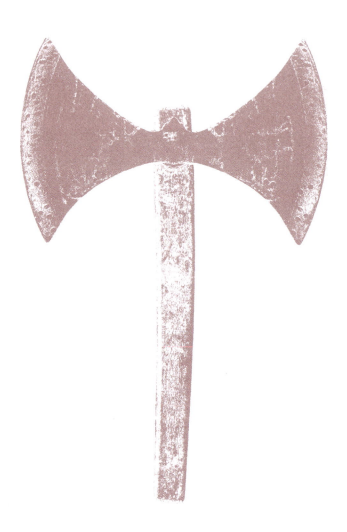

Eu não gostava de pentear os cabelos. Minha mãe esticava bastante os fios e tenho a impressão de que meus olhos se tornaram meio puxados de tanto que ela escovava minhas madeixas. Na época, era um sonho ter o meu cabelo levado pelo vento, mas ele vivia preso que nem pitbull. Passei a não gostar de que o tocassem. Não sei explicar, parecia sentir dor quando alguém ameaçava afagá-lo.

 Estudava numa escola pública em bairro considerado nobre. Minha mãe trabalhava lá perto e conseguiu a vaga. Na primeira série, minha professora se chamava Rosana, e eu a achava linda com seus cabelos longos e lisos. Quando crescesse, eu sonhava ficar parecida com ela. Nesse período, eu queria impressioná-la, fazia de tudo para chamar sua atenção com minhas perguntas inteligentes, caprichava nas lições, pedia ajuda, mas ela não olhava nos meus olhos e me atendia com má vontade.

Houve uma segunda-feira em que a diretora dona Clarice foi falar com a minha *profi* (eu adorava chamá-la assim). Recomendou que verificasse se nós, seus alunos, tínhamos piolhos. Caso alguém tivesse deveria ficar uma semana em casa. Em seguida, pela primeira vez, a *profi* olhou nos meus olhos. E ouvi o meu nome.

– Dara, venha até aqui!

Meu nome significa "a mais bela", e era como eu me sentiria se aquela cena fosse congelada naquele instante. Pela primeira vez, a *profi* tocou em meus cabelos; mas foi com as pontas dos dedos, como se eu a espetasse. Ela soltou as minhas marias-chiquinhas, desfez minhas tranças e saiu à procura de um inquilino. Para sua decepção e frustração, eu não tinha piolhos.

Ela olhou só o meu cabelo. Olhava para os demais alunos e eles riam. Ouvia as gargalhadas daquelas meninas com seus cabelos lisos e soltos. A *profi* deveria ter verificado os cabelos delas, que estavam mais propícios à proliferação de piolhos do que o meu, que sempre estava preso.

Essa não foi a única vez que passei por situações constrangedoras envolvendo meus cabelos crespos. Adorava balé e fazia inúmeras piruetas pela casa. Surgiu um curso desses perto da minha escola e minha mãe resolveu me matricular para que eu ocupasse o meu tempo. Fomos comprar os meus materiais de bailarina na rua 25 de Março: vestidinho, meia-calça, laço para cabelo e as sapatilhas. Tudo rosinha como sempre quis. Estudava pela manhã e, três vezes na semana, acontecia meu balé à tarde. Em função das aulas, tivemos que mudar a rotina dos meus cabelos. Antes, eu usava apenas as tranças marias-chiquinhas. Mas, durante o curso, ganhei um novo penteado, os famosos coques. Eram lindos, mas dava um trabalho para o meu cabelo ficar impecável como o das outras bailarinas! Minha mãe se esforçava bastante, colocava um monte de grampos para que nenhum fiozinho escapasse, passava gel e colocava o laço. Lá estava eu, pronta para as minhas coreografias.

Em uma sexta-feira no final da aula, a professora do balé avisou que na segunda-feira nos queria de cabelos soltos porque duas cabeleireiras os arrumariam para uma apresentação no Teatro Zanzibar no mesmo dia.

Assim começou meu desespero. Como eu iria de cabelos soltos? Aquelas mulheres não saberiam arrumá-los e eu ficaria desconfortável. Quando minha mãe foi me buscar, eu estava com os olhos vermelhos de tanto chorar.

– Que foi, meu brigadeirinho?

– Mãe, a professora do balé quer que os nossos cabelos estejam soltos na segunda-feira pra elas arrumarem pra apresentação. E eu não quero.

– Filha, a mãe te leva na Tia Dulce e ela fará um penteado lindo para a apresentação. Prometo que será a mais bela.

Assim fez. No dia seguinte, fui à aula. Eu estava tão bonita que a *profi* até olhou pra mim. Cheguei ao balé com a minha mãe, que logo foi conversar com a professora e explicar que cabelos crespos precisam de cuidados específicos, que nem todas as pessoas sabiam como fazer, e que meu desejo era me apresentar de tranças, já que assim me sentiria mais segura. Elas discutiram, pois a professora não compreendia por que eu precisava de algo diferente das demais alunas, mas permaneci com o penteado da Tia Dulce. No fim, minha coreografia foi a mais elogiada.

O tempo passou e as marias-chiquinhas foram ficando no fundo da gaveta, dando espaço para a chapinha e os alisamentos. E eu sempre com os meus "não-me-toques". Dava muito trabalho parecer o que eu não era, porém, eu tentava. Não me achava bonita, me sentia a desproporção em pessoa, não me enquadrava no padrão de beleza cultuado. Não conseguia definir minha própria pele. Se tinha algo que gostava em mim? Talvez fossem os olhos.

Certa vez, estava no baile de rap Sintonia, respirando novos ares e interessada em conhecer outras pessoas. Dançando na pista, observava como os demais faziam. Não tinha muita segurança nos meus movimentos, mas estava relembrando o gingado dos meus antepassados.

Um rapaz se aproximou, minhas pernas começaram a pesar e eu fiquei meio estática. Ele me observava e a timidez já se fazia presente. Comecei a ficar ansiosa, colocava e tirava os cabelos de trás da orelha. Ele, então, veio até mim e perguntou o meu nome.

– Dara.

– A mais bela, não é?

– Sim, como você sabe o significado?

– O meu nome é Jawari e também é africano. Significa "paz amorosa" e é da região do Senegal. Quando eu estava pesquisando o meu nome, lembro de ter visto o significado de Dara. Achei tão bonito que não esqueci mais.

– Hum, paz amorosa?

Ambos rimos. Como aquele preto era lindo! Pele bem retinta, sorriso perfeito, e umas tranças enraizadas até a altura dos ombros que chamaram a minha atenção. Conversamos pouco. E logo surgiu um beijo. Ficamos juntos até o final do baile e ele anotou o meu celular.

Quando ele me ligou no dia seguinte, me convidando para um samba, aceitei prontamente. Jawari me causava euforia... Sei lá, não sei descrever que sentimento era aquele. À noite ele ligou confirmando a compra dos ingressos e informando que o show seria dois dias depois. Nunca dois dias foram tão eternos, eu só pedia que o sol fosse embora para que a luz da lua viesse.

Chegou o grande dia, e lá estávamos um frente ao outro. A partir daquele segundo encontro, nos conectamos e passamos a nos encontrar com frequência. Um dia estávamos conversando, eu deitada em seu colo e ele acariciando os meus cabelos, o que já estava me deixando incomodada. Procurei não demonstrar esse meu mal-estar, mas a vontade era de arrancar a mão dele dali.

– Dara, por que você alisa o cabelo?

– Você não gosta?

– Sinceramente, não. Prefiro os cabelos naturalmente crespos. Antes eu não gostava dos meus cabelos, raspava sempre. Mas depois que li Malcolm X falando sobre a libertação do povo preto a partir da experiência dele, eu mudei meus conceitos de beleza. Hoje consigo assumir minha identidade e me aceitar como sou. Sou muito mais feliz.

– Ah, eu aliso porque facilita e acho que fica bem melhor.

– Mas você já tentou ficar sem alisar?

– Ainda não.

Não consegui disfarçar o incômodo que a conversa me causou. Quem mandou cutucar minhas feridas? Como ele descobriu tão rápido meu ponto fraco? Por que colocou aqueles dedos em meus cabelos? É estranho quando alguém te desvenda e expõe suas fraquezas.

Fiquei a semana inteira olhando para os meus cabelos, revisitando cada situação em que me senti inadequada com eles. Pensei muito sobre o que Jawari falara a respeito deles e sobre aceitação. Diante do espelho, sentia-me nua, despida de minhas máscaras, olhando o meu avesso.

Não foi fácil. É como calçar um sapato apertado, mas resolvi encontrá-lo sem chapinha. Passei creme de pentear, afaguei as pontas. Eu não me sentia bonita, mas fui assim mesmo. Ele me convidou para ir à sua casa, não ia ter ninguém por lá. Quando me viu, ficou surpreso com a minha atitude e foi logo elogiando meu novo estilo. Naquela tarde, só se ouvia Max de Castro:

> Um flash reflete, fotografa os seus pensamentos, sua boca, seus beijos. Ah, meu Deus, não acredito estou vivendo um romance que não tem pressa. Estou aonde quis chegar... Uma ideia, relax. Se demorar, se demorar o bicho pega. Canto um bolero. A água quente me faz relaxar. Um sexo, dois sexos. A noite inteira assim, sem sair do lugar. O meu corpo, o teu corpo, a sua inteligência muscular. O teu corpo, seu rosto, a boa brincadeira de me testar...

Suas mãos pousavam em meus cabelos, massageando minha nuca, meus seios, meu eu, meu nós... Sua língua percorria o meu corpo, desvendando os meus segredos e me fazendo sentir o gosto da liberdade...

ANTES QUE AS ÁGUAS DA CABAÇA SEQUEM...

Dedicado às mulheres pretas rastas

A o longe, sob a luz do pôr do sol, carregando uma enorme cabaça, vinha caminhando uma mulher na margem do rio. *E, na outra margem, seu povo clamava: "Venha, antes que as águas da cabaça sequem..."*

Zahra entrou na cachoeira de corpo inteiro, abaixou-se e cobriu todo o rosto nas sagradas águas, como se renascesse do precioso líquido. Seus dreads acobreados, iluminados pela luz do astro-rei, lembravam pavios acesos ou uma flor vermelha. "Como é maravilhoso esse infinito! Rainha das Águas, abençoe essa minha existência e a da minha filha!"

Houve uma grande seca na cidade. E os búzios revelaram que as últimas águas doces estavam às margens da Represa Billings, aquela construída no Rio das Pedras no ano de 1949 e que recebera todas as águas do Alto do Tietê, na região do Grajaú, local mais populoso da capital, na zona Sul de São Paulo...

Fazia dez anos que Zahra decidira dredar o cabelo. No início, achou estranho. Não gostou da primeira, nem da segunda, nem da terceira impressão. Não ficou parecido com os dreads de Rita Marley, Alice Walker, Jurema Werneck, Sueli Carneiro... Não estava bonito. Foi desaprovado no seu critério de beleza, mas decidiu se acostumar. Passeava pelas ruas como se estivesse usando um belo cocar, com toda a sua magnitude, e pressentia os olhares atravessados, questionando a sua escolha. Em alguns momentos, essas flechas de escárnio atingiam, em cheio, sua estima tão bem construída. Zahra acarinhava os dreads. Era sua resposta imediata ao mundo. Seu corpo, um instrumento ideológico. Pensava: "Não convencerei ninguém se eu mesma for a negação da minha beleza." Não era apenas pela estética, era uma afronta, um jeito de embaraçar o mundo.

Dentro de uma enorme cabaça furada, havia os últimos litros de água do planeta. Quanto mais tempo passava, mais a água se esvaía e menos restava do precioso líquido.

Outro dia na fila do supermercado, com um xampu de Aloe Vera nas mãos, uma mulher questionou-a:

– Como que você lava isso aí?

– Não entendi.

– Como você lava? É de lã? Como você lava o seu cabelo?

– Eu coloco xampu, massageio e enxáguo... Então, do mesmo jeito que você lava o seu, eu lavo o meu!

– Mas como você faz? Como seca? Não apodrece?

– Do mesmo jeito que lavava antes – falou Zahra, com as palavras raspando entre os dentes.

– Ah, mas não fica fedido?

Os questionamentos prosseguiam...

– Nossa! Você estragou o seu cabelo? O que você fez?

Quando a conversa desfechava na contramão, Zahra tornava-se séria, a ponto de a outra pessoa nem se atrever ao conserto da frase maldita.

Em contrapartida, não existia nada mais prazeroso do que a continuidade das suas próprias palavras nas palavras da sua pequena abayomi. Quando Nina admirava seus dreads e os contabilizava, dizia:

– Mainha, *quelo* que meu cabelo seja igualzinho ao seu...

– Meu denguinho, quando você tiver cinco anos, te levo para tia Aziza fazer igualzinho. Você espera?

– Hum... Ela vai *fazê* do *memo* jeito?

Não esperou nem que Zahra concluísse. Nina saiu correndo do seu colo e foi em direção ao pai, gritando:

– Paiêê!!! Eu vou ter dread igual ao da minha mamãe.

A mulher estava buscando água como todos os moradores do planeta. Antes de sair perdendo suas energias, sentiu que deveria procurar a sua Ialorixá. Os búzios lhe revelaram que encontraria o que estava procurando, mas teria que usar o bem mais precioso do seu corpo para conseguir trazer as últimas águas...

Quando Zahra tinha 25 anos, se viu num dilema com o seu cabelo. Sentia-se desproporcional ao mundo, fora da redoma da beleza. Gastava tempo e não se sentia bem, passava horas dos seus finais de semana escovando os seus cachos. Até que, um dia, pesquisando na internet, encontrou o texto "Cabelo oprimido é um teto para o cérebro" da escritora Alice Walker, descrevendo quando dredou o cabelo aos 40 anos. O texto dizia:

> Descobri que ele, na verdade, tinha uma natureza própria. Ele jamais pensava em ficar deitado. Ele procurava espaços cada vez maiores, mais luz, mais dele mesmo. Ele adorava ser lavado.

Aquela narrativa provocara Zahra. Sentia-se opressora do seu próprio cabelo e não conseguiu concluir a leitura. Ela não parava de pensar na sua vida, todas as fases, ela e seu cabelo indomável. Sim, ele era livre, ela que sempre quis engaiolá-lo. Passou o dia e a noite consumida nas suas responsabilidades como designer e não pensou mais no assunto. No outro dia, realizou seus compromissos sem nenhum inconveniente. Mas durante a noite, supercansada, adormeceu e teve um sonho revelador...

Sentia muita sede, seus pés descalços pisavam em pedregulhos que os feriam. Ela não podia fraquejar. Encontrou, nas margens da Billings, uma enorme cabaça com alguns litros de água, tinha um furo, pensou em como faria para interromper a água que se esvaía. Sem êxito, tentou fechá-lo com uma folha, mas esta se rompeu. Tentou com uma pedrinha, esta foi jogada longe. Lembrou que as mulheres que a antecederam carregavam potes em suas cabeças e teve uma ideia! Resolveu usar um dos dreads, enrolando-o como uma bolinha para tampar o furo, ao mesmo tempo em que erguia a cabaça. Se molhou um pouco, mas teve êxito...

Zahra acordou banhada. Descobrira que o copo com água que deixara na cabeceira da cama caíra e a molhara... As águas sempre lhe trazendo revelações, esse elemento tão sagrado, que representa um novo ciclo e o deixar fluir.

Assim, decidiu que iria procurar sua amiga Aziza para fazer seus dreads. Ligou o computador e imprimiu aquele mesmo texto, que foi lendo no ônibus...

O teto no alto do meu cérebro abriu-se; mais uma vez minha mente (e meu espírito) podia sair de dentro de mim. Eu não estaria mais presa à imobilidade inquieta, eu continuaria a crescer. A planta estava acima do solo. Essa foi a dádiva do meu crescimento.

– Fico muito emocionada de receber vocês! Quer dizer que a Nina também irá dredar os cabelos que nem os da mãe? Eu nunca vou esquecer como você chorava naquele sábado de primavera. Chegou aqui toda descabelada com um texto na mão, falando de um sonho sobre as águas. Hoje vem com essa flor! Me sinto honrada de fazer as mulheres desta família feliz. Mas, ainda não entendi, por que vieram tão cedo?

– Aziza, hoje, eu e Nina, depois que sairmos daqui, vamos à cachoeira abençoar nossos dreads, antes que as águas da cabaça sequem!

N'ANGA: A CURANDEIRA

N aquela primavera, as flores não estavam felizes. Partira a mais encantadora das curandeiras. E sua despedida não seria comum. Foram chegando muitas mulheres e todas, trajando longas saias brancas, portavam uma pequena cabaça, que era acomodada junto ao corpo da curandeira; todas cumpriam os mesmos sinais. Algumas pessoas não compreendiam o significado daquele ritual e também não sabiam o que continha em cada cabaça sobre o corpo da curandeira. Até que não restou mais espaço dentro da última morada, e foi ordenado que já se podia fechar o caixão.

Mas uma moça desconhecida veio correndo de longe, segurando sua saia e sua pequena cabaça. Ao chegar à porta, a moça tropeçou, o objeto desequilibrou-se das suas mãos e caiu aberto, revelando seu interior: nele havia um frasco e um colar aromatizador. E ela se sentou no chão inerte e envergonhada.

Havia uma profecia de que o cargo da nova curandeira seria revelado de uma forma inusitada. Então, todas as mulheres foram até o corpo da curandeira e retiraram as pequenas cabaças que há pouco tinham ofertado no caixão. Uma a uma foram até a moça e depois todas começaram a deitar-se de bruços no chão, tocando o solo com a cabeça e simultaneamente com o lado direito, e depois com o esquerdo do quadril. Batiam a cabeça em sinal de respeito e obediência. Posteriormente, ofertaram sua pequena cabaça e a abriram revelando o que continha dentro dela. E todas permaneciam em volta da moça, com a cabeça encostada no chão e o corpo estendido. Assim foi com cada uma das mulheres, até que não restou mais nenhuma. Em volta da moça, as mulheres reverenciavam a nova curandeira com o que elas mais tinham de sagrado: os óleos essenciais que cada uma havia recebido na sua iniciação. Nas pequenas cabaças, havia óleos essenciais de todos os tipos: mirra, benjoim, sândalo, rosas, jasmim, lavanda, flor de laranjeira, cedro, ylang ylang, entre outros.

A moça não conseguia compreender o que estava acontecendo. Há menos de uma semana tinha conhecido uma senhora que estava internada no hospital onde ela era enfermeira. Quando entrou pela primeira vez no quarto, ambas tiveram a impressão de já terem estado naquela mesma situação e de já se conhecerem.

À noite, a curandeira sonhou com suas Ayabás, revelando que essa moça seria a sua continuidade na missão da cura e do encontro com a espiritualidade.

Pela manhã, no dia seguinte, a curandeira presenteou a moça com aquela pequena cabaça e orientou que sempre que ela sentisse as energias conturbadas, ela colocasse três gotas de óleo essencial de olíbano no colar aromatizador e ficasse com ele até se energizar. Pediu segredo e disse:

– Eu sinto que não tenho muito tempo. Se eu partir, você precisa ir na despedida do meu corpo com uma saia branca, levar essa pequena cabaça e colocar no meu caixão.

A moça a visitou por mais uns dias. Teve folga em uma terça-feira, e quando retornou ao trabalho, na quarta-feira, soube que a curandeira havia falecido no dia anterior. Informou-se onde seria o velório e o enterro. Disse aos seus coordenadores que precisava comparecer ao sepultamento da paciente "Josefa Firmina dos Reis" e teve que retornar à sua casa para buscar a saia branca e a pequena cabaça.

As demais mulheres já sabiam que no dia do enterro haveria a revelação da próxima curandeira e, assim que a moça entrara pelo portão, sentiram uns arrepios.

O sepultamento de Firmina foi conforme a tradição das curandeiras: com dança e tambores tocando incessantemente. Apenas as curandeiras podiam estar em volta do corpo da sua mestra. Quando enterraram Firmina, a moça foi orientada a guardar todas as cabaças dentro de um baú de couro e só abri-lo 365 dias depois.

Nos dias que se seguiram, Yalodê, a mãe pequena dos rituais das curandeiras, procurou a moça no hospital. Falou sobre a necessidade de retomar os encontros e que a moça seria a sucessora de Firmina. Marcaram para um sábado de lua cheia.

Na cerimônia, cada mulher ofertava flores, mel, pulseiras, colares e doces. A moça passou a ser orientada no segredo pelas mais velhas, assumiu sua missão de vida e recebeu seu nome N'anga.

MUITA TROVOADA É SINAL DE POUCA CHUVA

Os provérbios que a minha vó ficava o tempo todo repetindo faziam muito sentido. Guardo alguns deles na minha memória, como "carregar água na peneira" e "dar nó em pingo d'água". Essa sabedoria popular de frases feitas e lugares-comuns muito me agrada. Acredito que foi isso que me fez ficar atraída por Claus. Ele era descolado, discursava pelos cotovelos, montava e desmontava frases clichês. Manifestações e passeatas em prol da comunidade negra e a luta por direitos humanos faziam seus olhos brilharem. Eu também me interessava pelo tema e me tornei sua ouvinte.

Nós nos notamos em uma festa, estávamos em uma roda de conversa e, quando os demais participantes foram saindo, restamos apenas nós dois. Claus me elogiou, dizendo que eu estava muito bonita:

– Ziana, vamos combinar de beber algo?

Concordei que não seria má ideia. Claus era um homem que fazia o meu tipo: preto, alto, bom de prosa e inteligente.

Muitas luas se passaram até que marcamos de nos reencontrar. Eu fui até a sua casa, ele foi muito receptivo e me ofereceu um licor de jenipapo. A conversa estava caminhando para algo mais íntimo, quando ele me interrompeu:

– Ziana, independente do que acontecer aqui, eu não quero compromisso.

Prontamente, eu respondi:

– Não me lembro de tê-lo pedido em casamento.

Claus ficou um pouco sem graça. Começou a me beijar e, como eu não estava disposta ao atrito, me guiei pelo desejo e pelo calor dos nossos corpos.

Após o vuco-vuco, como diz uma amiga minha, fiquei por pouco tempo na casa dele. Havia algo que me incomodava ali.

Ele me levou até o ponto de ônibus e fui embora pensando no que ele falou. Não entendia por que ele tinha certeza de que eu queria algo mais sério, como se nós mulheres não pudéssemos ter encontros casuais... Essa certeza hétero irritante e a supervalorização da própria companhia me incomodavam. Nós nos vimos algumas vezes, sempre em rodas de amigos ou em ações promovidas pelo movimento negro. Mantínhamos a discrição, afinal, não havia nada entre nós.

Passou um tempo, me esqueci completamente da existência de Claus, até que, em uma sexta-feira à noite, ele ligou me convidando para um samba. Devo confessar que nunca fui de samba, acho as melodias bonitas e respeito, mas só...

Como não tinha nada para fazer, eu resolvi aceitar mais uma vez o seu convite. E lá fui para o samba. Ele, muito animado, cantava todo o repertório, bebericava sua cerveja e nem me ofereceu um refrigerante. Estranhei esse tipo de comportamento, mas não precisava nem do dinheiro nem da oferta dele. Fui molhar as palavras com um copo de vinho desses baratos e bem doces. Claus falava tanto que eu ficava me perguntando como ele não se sufocava – lembrei de minha vó, "peixe morre pela boca". Como grilo falante, falou, falou... Até que perguntou para onde eu iria após o samba. Eu disse que meu destino era minha casa, ele se adiantou e sugeriu que ficássemos em um lugarzinho à vontade, que estendêssemos mais o momento. Pensei que poderia ser interessante dormir agarradinha, me divertir um pouco, afinal, sou solteira e "a noite é uma criança". Aceitei sem muito rodeio.

Seguimos um ao lado do outro, como dois desconhecidos. Chegamos ao motel sugerido por Claus, que mencionou já ter frequentado o local. A taxa era paga na entrada. E, sem ao menos eu me oferecer, ele já foi dizendo:

– Vamos dividir, né?

– Claro que sim.

Mas a minha vontade era pagar toda a entrada. "Que deselegante", pensei. Ele poderia ter sido mais gentil. Poderia ter esperado a minha reação. Já que eu não admito ser bancada...

Entramos no quarto e, antes de fechar a porta, quando me virei, Claus já estava pronto e foi me beijando, me abraçando por trás. "Nossa! Pra quem nem pegou na minha mão na rua, este homem parece outro."

Sempre pensei: "Quem está na chuva é para se molhar". Então, entrei no clima, começamos as carícias, mas quando estava a caminho de ficar melhor, ele parou. Perguntei o que havia acontecido e ele se explicou: "Preta, eu fui rápido porque eu estou cansado. É a primeira vez que isso acontece, deve ser porque eu bebi um pouco, sei lá... Assim, sobra mais tempo pra gente ir conversando e você também é muito gostosa..." Não consegui nem responder e fui tomar banho. Quando voltei, ele simplesmente dormia. E eu, com a adrenalina a milhão, deitei ao seu lado e pensei: "É apenas um descanso para o segundo round". Mas Claus começou a roncar e, naquele momento, eu agradeci por ser apenas um encontro casual. E assim seguiu boa parte da madrugada. Eu não conseguia dormir, era uma noite fria, com muita trovoada. Ele dormiu com os seus braços presos ao próprio corpo. Tentei desatá-lo, ele resmungou e virou para o outro lado.

Não pensei duas vezes, me vesti, fui embora e fiz do provérbio de minha vó um mantra: "Muita trovoada é sinal de pouca chuva."

COM TRADIÇÃO

Seu nome, Asani, foi um presente dos orixás. Rebelde desde o ventre, não permitia que sua mãe, durante o final da gestação, pudesse dormir uma noite completa, chutava pra todos os lados. Nasceu em uma noite de lua cheia. Não chorou, apenas contemplou as lágrimas que vieram da face do seu pai, militante negro com maior representatividade na Cidade do Ativismo. Conhecido como Gama, filho de Xangô com Oyá, era homem justo e tempestivo, respeitado por todos na comunidade, desde as crianças aos mais velhos. Gama era casado com a antropóloga Jasira havia sete anos, e Asani era o único filho do casal.

Asani com três anos já ostentava dreads parecidos com os do seu pai, de quem era companheiro inseparável. Asani não faltava nas reuniões do movimento negro. Seus brinquedos favoritos eram os livros disponíveis no local escritos por lideranças como Malcolm X, Winnie Mandela, Martin Luther King... Kairu, seu amigo, era apenas dois anos mais novo e também estava sempre presente naqueles encontros. Juntos eles revolucionavam as reuniões do movimento negro.

Aos sete anos, ainda na aprendizagem das primeiras leituras, Asani, como recomendação paterna, cambaleou na narrativa do livro *A cor púrpura*, de Alice Walker. Não queria desapontá-lo, já que Gama repetia o tempo inteiro: "A comunidade negra só vai ser livre quando entender a importância da leitura."

Gama ensinou a Asani que a constituição de famílias negras era o maior revide contra os racistas, que ele deveria amar e respeitar as mulheres negras que surgissem na sua vida. Mas esqueceu de dizer que as palavras, quando separadas dos atos, descascavam como paredes velhas.

Asani estava em uma das reuniões da militância e foi ao banheiro. Ao voltar, viu que seu pai discutia com Zuzu, poeta e mãe de Kairu. A discussão se dava sobre os caminhos que Kairu deveria seguir em sua vida profissional e Gama exigia, como pai, que ele apontasse a melhor escolha para seu filho. Foi ouvindo essa conversa que Asani descobriu que seu melhor amigo, Kairu, na verdade era seu irmão mais novo, fruto da relação de Gama com a poetisa Zuzu. Nesse momento sentiu o peso da traição. Nunca percebera que o carinho de Gama por Kairu, na verdade, era uma relação paternal. Nunca havia entendido por que a sua mãe, sempre que Kairu aparecia em casa para chamá-lo para fazerem algo juntos – como ir ao cinema, jogar bola, andar de skate, dar uma volta de bike –, trancava-se no quarto para não vê-lo. Esse fato explicava a implicância dela com o seu amigo.

Asani passou apressado entre os dois. Queria ser notado. Era preciso que soubessem que ele havia escutado toda a conversa. Ficou em silêncio nos dias que se seguiram, mas resolveu conversar com seu irmão, já que eles dois eram os únicos que de nada sabiam. Após este episódio, Gama, que nunca tinha se queixado de uma dor de cabeça, passou a ter várias internações sem diagnósticos concluídos. Antes um homem forte, agora estava definhando sem explicações, até que se constatou um câncer na garganta.

Em uma noite, estavam no hospital, a esposa Jasira, os filhos Asani e Kairu. Zuzu passou mal e, ao chegar ao mesmo hospital onde Gama estava internado, foi surpreendida pela presença de Jasira. Antes que elas começassem a trocar farpas, o médico as chamou. Não teve delicadezas para mencionar que Gama tinha pouco tempo de vida. Recomendou que todos estivessem unidos e os conduziu ao quarto de internação.

Gama, ao avistar toda a sua família presente, achou oportuno se responsabilizar por todo o segredo. Com a voz sussurrada pediu para que se aproximassem, segurou a mão de Jasira e disse:

– Preta, eu sempre te amei, mas não fui um bom companheiro. Eu não consegui ser, dentro de casa, o homem negro que tanto ostentei nas plenárias da militância. Agradeço por ter me presenteado com Asani e por me amar no limite do amor-próprio.

Em seguida, segurou a mão do seu filho:

– Asani, perdão, meu filho, por não ter contado sobre Kairu. Eu propositalmente uni vocês como amigos, por ser um covarde. Poderia ter assumido os meus erros e promovido outra relação entre todos nós.

Quando terminou de falar, com a voz rouca e os olhos lacrimejados, beijou a mão de Zuzu e disse:

– Oh, minha poeta, suas palavras dançam no meu Ori. Perdão por ser tão egoísta. Enlouqueci por seus versos e, como pavão, desejei ser seu muso, mas nunca consegui ser seu companheiro. Por vaidade, eu quis que você me amasse, mas você sempre soube que nos meus caminhos Jasira estava no meu odu.

Faltava apenas conversar com seu outro filho. A voz embargou, as lágrimas caíram, mas Gama conseguiu falar:

– Kairu, minha poesia, perdão por ter sido um pai ausente, quando me fiz apenas de amigo.

Gama, com a respiração ofegante, sentia que precisava ser sincero com a sua família pela primeira e última vez:

– Na noite passada eu sonhei com este momento. Sei que não tenho muito tempo para permanecer aqui, meu corpo está cansado, minha mente já embaralha as narrativas. Mas, meus filhos, eu, com o meu egoísmo, fiz duas mulheres pretas, Jasira e Zuzu, sofrerem muito. Eu sei que não posso apagar essas cicatrizes e transformar noites chuvosas em dias de sol, pois, como homem, fui imediatista e não pensei nas consequências. Nossa história poderia ter sido outra, mas eu optei, ainda que inconscientemente, por viver de mentiras, de ilusões e de silêncios. Poderia ter sido pelo menos honesto comigo mesmo, assumir para Jasira que tinha outra mulher e deixá-la livre para escolher o caminho que ela achasse melhor, mas não, eu fui fraco e a aprisionei com o meu ciúme, atribuí a ela uma imaturidade minha. Fui péssimo ao ponto de Jasira abandonar o seu mestrado só para não ter que me dar explicações sobre o tempo que passava fora de casa, se dedicando aos seus estudos.

Zuzu, pela primeira vez, também se pronunciou:

– Gama, todos estes anos eu me perguntei por que fiquei vivendo essa relação. Nunca dependi de você financeiramente, mas sinto que quanto mais avancei profissionalmente, mais meu coração foi atrofiando. Não pense, Jasira, que fiz isso com má intenção, eu sempre tive muito medo de ficar sozinha e Gama estava sempre por perto. Meus sentimentos por ele sempre foram inspiradores e complexos... Penso que também fui egoísta, principalmente com meu filho, por ter guardado esse segredo sobre quem era seu pai.

Jasira não aguentou ouvir tudo calada e interrompeu a amante do seu esposo:

– Gama, eu nunca lhe faltei com respeito. Você, pelo menos na sua partida, poderia me respeitar, mas eu não aguento esse seu cinismo. Foi essa minha educação que me fez permanecer calada por tantos anos. Ainda bem que você reconhece o quanto me fez sofrer. Eu te amei com todas as forças que um coração pode amar, fui, sim, à lama por amor. Parei de ir às reuniões do movimento não por falta de interesse, como as tais companheiras espalham aos quatro ventos, mas por vergonha e por rancor das que sempre me apunhalaram pelas costas, ou você acha que só sei sobre a Zuzu? Ela foi o romance que você não conseguiu esconder, pois gerou um fruto, Kairu, que é visivelmente seu filho, até no jeito de sorrir. Assim que o vi, sabia que era fruto da sua traição. Eu sei que não é uma boa hora, falar isso na frente dos nossos filhos, mas talvez eu não tenha outra oportunidade de falar, já que a família está reunida. Hoje, com meus 46 anos, eu tenho direito de remover esses pedregulhos presos na minha garganta para continuar a minha vida. Soube das suas relações com Layla, Mara, Shena e as demais ativistas que, após uma taça de vinho ou licor, já se esqueciam dos discursos esvaziados que arrotavam nas plenárias. Zuzu e Kairu, eu não tenho raiva de vocês, entendo o que vocês já passaram na vida.

Jasira prosseguia no desabafo:

– Minha mãe sempre me disse que amar demais matava e eu nunca acreditei, mas hoje, lendo toda a minha vida, devo dizer que eu morri faz tempo por te amar intensamente e me esquecer de mim mesma.

O monitor cardíaco acelerou e uma campainha foi acionada por Kairu. Rapidamente a equipe médica entrou no quarto e pediu para que os familiares permanecessem na sala de espera. Pela janelinha de vidro, os quatro puderam ver os médicos socorrendo Gama, que já se encontrava sem vida...

O enterro de Gama foi o maior cortejo que a Cidade do Ativismo presenciara, com a população cantando o Hino da Liberdade e os jovens segurando os cartazes: *Gama vive! Gama é nosso herói! Morre um homem, mas vivem seus ideais!*

Zuzu e Kairu foram morar em outra cidade. Até hoje, Jasira e Asani moram na mesma casa construída pelo militante, não fizeram qualquer manutenção. Asani consegue ouvir um grito nos rebocos que, com o passar do tempo, foi descascando as paredes. Lembra do seu querido pai, dos ensinamentos e das suas contradições, observa a desorganização dos livros e quadros e, em vez de olhar para fora, ele olha para dentro.

QUANDO A LUA NÃO ESTÁ CHEIA, AS ESTRELAS FICAM MAIS BRILHANTES

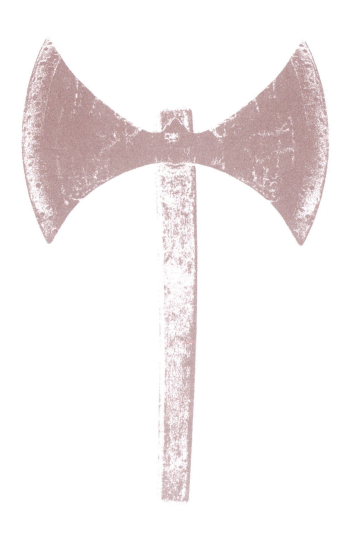

Zael Swahili, cantora de música negra que propagava em suas canções o combate ao racismo e às desigualdades sociais – com 40 anos de trajetória, oscilando entre visibilidade e esquecimento –, montara uma loja com seus discos, vestuários e acessórios na praça da República, região central de São Paulo, a cidade mais populosa da América do Sul. A loja funcionava em horário comercial e ela estava todos os dias atendendo junto de Malika, jovem vendedora, dona de um *black power* que chamava a atenção de todos os clientes. A assessora de imprensa Leonora também estava sempre na loja.

No horário de almoço, entrou uma jovem de traços egípcios com dreads avermelhados e o recém-lançado

CD de Zael. Estava procurando pela cantora para ter o prazer de conhecê-la e pedir a ela um autógrafo. A moça falava muito empolgada sobre suas sensações e impressões do novo trabalho da cantora, mas Zael não estava na loja naquele dia e não tinha previsão para retornar. Então, ela deixou um bilhete junto com o seu CD, o qual dizia:

> *"Zael,*
> *Estou muito feliz pela conquista da sua loja; é uma retomada dos nossos ancestrais ao poder. Você é a minha inspiração de empoderamento da mulher negra. Gostaria de pedir uma dedicatória. Seu novo CD está maravilhoso e preenche minha alma de alegria.*
> *Sua admiradora, Jamillah"*

Quando Zael chegou à loja no dia seguinte, leu com carinho o bilhete. Ela era muito grata pelo reconhecimento da sua trajetória entre os mais jovens; estava sempre se reinventando e a juventude negra era sua fonte inesgotável de criatividade. Então, escreveu uma dedicatória no CD:

> *"Jamillah,*
> *É um prazer receber o seu carinho. Que as minhas músicas te acalentem e você sinta a vibração da nossa diáspora africana.*
> *Com carinho, Zael Swahili"*

Jamillah retornou no dia seguinte e recebeu o CD das mãos de Zael. Quando leu a dedicatória ficou muito emocionada e seus olhos lacrimejaram. Ela não estava acreditando que sua cantora preferida estava ali, diante de si. Abraçou Zael com tanta paixão que ela ficou constrangida com a demonstração de afeto e foi se desvencilhando do abraço caloroso da sua admiradora. Elas conversaram por alguns minutos. Jamillah relembrou sucessos e momentos da trajetória de Zael, como quando recebeu uma estatueta de ouro, a indicação de um prêmio da música latina. Havia muita riqueza de detalhes, a cantora ficou impressionada.

Nos dias seguintes, Jamillah continuou retornando à loja. Estava se sentindo em casa, por isso, todas as tardes, passava por lá antes de chegar ao seu trabalho. Quando Zael não estava presente, trocava ideias com Leonora sobre jornalismo e assessoria de imprensa, profissão de ambas.

Em uma das tardes, estavam todas em uma conversa descontraída e Jamillah disse que se tivesse sabido da vaga de vendedora, teria sido mais rápida que a Malika. Todas riram, menos Zael, que só observava como Jamillah estava cada dia mais íntima das suas funcionárias. E ela perguntou:

– Jamillah, você mora aqui perto ou vem de carro?

– Ixi, eu moro longe, algumas vezes venho de trem, metrô ou ônibus. Moro na periferia da Zona Leste, na região de Guaianazes.

– Ah...

A conversa foi interrompida quando o empresário da cantora chegou para uma reunião junto com Zael e Leonora. Os três permaneceram por quase uma hora no escritório e Jamillah ficou conversando com Malika. As duas tinham muitas afinidades. Leonora saiu do escritório e chegou rindo:

– Jamillah, a Zael comentou lá na sala que está preocupada em te informar que não está precisando de mais uma funcionária, mas que percebeu o seu esforço em chamar a atenção dela.

– O quê? Mas eu não estou procurando emprego.

– Ela pensa que você está querendo tirar a vaga da Malika de vendedora. Ela não sabe que você é jornalista.

– Por que você não disse para ela que se eu tivesse que tirar alguma vaga, seria a sua, de assessora de imprensa, e não a da Malika?

A conversa ficou um tanto esquisita, misto de deboche da assessora caucasiana e de preocupação da vendedora. Jamillah se despediu e foi com a mente fervendo: "Nossa, por que Zael não consegue enxergar que eu tenho a mesma profissão da Leonora, sua branca assessora de imprensa? Ela pensa que estou agindo por interesse e não por admirá-la musicalmente como todos os demais fãs? Ela não imagina que tenho um emprego com salário de nove mil reais, estou financiando um apartamento na região central e não comprei carro porque priorizo uma casa? Ela não sabe nada de mim e não se interessa pela minha história. Isso me deixa muito decepcionada. Ela canta sobre empoderamento da mulher negra e não vê em mim uma jornalista porque sou negra?"

Jamillah ficou muito incomodada, se sentindo inferiorizada, e nos dias seguintes não passou pela loja. Porém, lembrou que prometeu para uma amiga que iria dar o último CD de Zael como presente de aniversário. Pensou em comprar na Galeria 24 de Maio em vez de ter que ir à loja de Zael. Mas pensou: "Ela nem imagina que tenho esse incômodo. Vou lá e compro o CD sem maiores transtornos". Chegando na loja, para a sua surpresa, Leonora havia recebido uma proposta de estudar na França, já estava no processo da mudança e precisava encontrar outra assessora de imprensa para Zael. A cantora, ao avistar Jamillah na loja, se aproximou e propôs que ela trabalhasse como sua nova assessora de imprensa. Jamillah agradeceu, disse que já tinha trabalho e se lembrou de um provérbio africano: *"Quando a Lua não está cheia, as estrelas ficam mais brilhantes..."*

D e braços erguidos em direção ao céu, o corpo num giro desfocava o ambiente. Os pés pareciam suspensos no ar por conta da intensidade dos movimentos. Zaji estava ali naquela posição de entrega, feito um incenso de jasmim e orquídea aceso, balançando ao ritmo do vento, conhecendo os seus limites e explorando diferentes possibilidades, aromatizando o lugar e se fazendo presente no seu espaço.

Por muito tempo, seu sentimento fora de que o mundo era uma redoma dançante e que só ela estava presa, sem saber a melodia. Ela, moça, cor de ébano, apenas observava como coruja e voava silenciosamente. Encostada com a perna flexionada e com as palmas apertando a parede. Devorava, sem mastigar, um samba de coco. Os dançantes, folhas na ventania, sorriam, jogando seus corpos e batendo os pés.

Zaji, com os olhos grudados no balançar das saias, aspirava que fosse seu aquele molejo. Não queria ser a melhor dançarina, apenas ansiava por entregar-se à cadência. Girar os braços ou pernas como as ondas do mar; ser espontânea, aceitar convites; balançar, sacudir, rodar, curvar, saltitar, galopar – se fosse preciso –, mas esperava ser ela mesma.

Certa vez, numa festa de amigos, percebeu que um rapaz que dançava a notara. Mas outra moça chegou, no mesmo compasso que o dele, se requebrou em sorrisos, rodopiou os pensamentos dele e o conduziu para seus gracejos. Das pisadas no novo casal escorreram alegrias, e Zaji se viu recuando mais uma vez, dando passo para trás, como vela derretendo sem iluminar.

Sempre acontecia do mesmo jeito. Se alguém a chamava para dançar, ela ficava sem jeito, respondia que não sabia, mas essa resposta lhe feria a língua e sangrava a alma. E o pior eram os sobressaltos:

– Preta, está no sangue seu ritmo! – dizia fulano.

– Não acredito que você não sabe dançar – comentava outro.

Sua vontade era de sacudir a pessoa e gritar, mas engolia a seco a resposta malcriada que espinhava na laringe e calava suas cordas vocais.

Na meninice, não tinha tido momentos lúdicos que usassem o movimento. Pouco se lembrava da própria participação em festas, mesmo as familiares. A mãe só permitia que brincasse de casinha com a irmã mais nova. Contava nos dedos as vezes em que se divertira na rua com as outras crianças.

Zaji nunca tinha visto seus pais conduzirem um ou outro ao som de uma música. Um dia, no entanto, achou uma caixa de fotografias e, numa das fotos, seus pais estavam em um baile com muita gente, desenhando os mesmos passos. Gostou tanto do retrato que o retirou da caixa e foi correndo perguntar para a mãe, que estava costurando, onde eles estavam quando aquela fotografia foi tirada. E foi repreendida pelo seu atrevimento:

– Vá estudar, menina! Deposita mais realidade nos sonhos, só estamos de passagem e não a passeio. Aproveita e coloque mais cimento nessa construção, pois algodão-doce um dia acaba.

Não era só com a dança. Zaji também era apaixonada por bicicletas, mas foi a última do grupo a aprender a andar em uma. E foi uma labuta. Primeiro, porque levou mais de um ano para que seus pais conseguissem lhe presentear com o objeto de desejo. A magrela não era nova, mas lhe pertencia. Depois, o medo de cair impedia a circulação. Seus pais estavam a seu lado, inspirando segurança.

Na escola, nunca era escolhida para fazer parte dos times nos jogos. Fixava-se nos cantos da quadra. E se por acaso faltasse alguém da turma de jogadores natos, eles preferiam ficar só papeando a convidá-la. Ela observava com um levantar de sobrancelhas e direcionava seu olhar para alguns dos livros que a acompanhavam. Fingia não perceber, ficava navegando nas letras, extraindo das entrelinhas seu próprio gingado.

Os colegas invejavam sua habilidade nos estudos. Disputavam a tapas quem faria par com ela nos trabalhos e provas em dupla. Era aí que ela não perdoava: só escolhia quem tinha dedicação semelhante.

Destinava seu amor ao folhear das páginas. Não tinha lugar específico para demonstrar seu afeto. Evidenciava sua preferência pelos livros e os beijava na frente de qualquer pessoa, sem constrangimentos.

Na fase de abrir suas pétalas, ela insistia em continuar apenas botão, entregando-se somente aos chamegos dos orvalhos que secavam ao amanhecer. Resistia. Não havia brilho nos lábios, sombras nos olhos, roupas que contornassem suas estradas, desejo de seguir viagens.

Um tanto solitária, ainda presa ao casulo, espiava de canto de olho o convite das borboletas em pleno voo. Ela, com sua mesa farta de conhecimento, conduzia com perfeição suas pesquisas acadêmicas, participações em mesas de debates, congressos e seminários.

Só adulta começou a aceitar os apelos das amigas para sair à noite, contemplar a lua. Eram ocasiões em que o papel não tinha serventia, que a vida pedia urgência e não lia rascunhos, e o couro do tambor esquentava, pedindo corpo e alma.

Muitas vezes, Zaji soluçava por dentro. Fechava rapidamente as pálpebras e escrevia o bailado do seu corpo. Continuava congelada, até seu sangue coagulava. Um chumbo nas pernas, um enferrujamento nas juntas, um bocado de olhos observando seu engasgamento rítmico. Queria enfiar a cabeça embaixo da terra, feito ema.

Apesar de repreender-se, queria partilhar diversão. E, em uma das festas que começou a frequentar, engoliu todas as suas experiências traumáticas e feridas abertas. Fixou raízes naquele território tão seu e, ao mesmo tempo, tão distante. Dançar sempre havia sido um desejo, mas o corpo não correspondia aos movimentos, ao mesmo tempo que Zaji não se permitia experienciar. Mas ali, aos trinta anos, ela lançava sorrisos aos ventos, permitindo ser guiada pela sonoridade dos tambores, pelo levitar das saias floridas, pelo encontro dos pés com o barro. Estava viva.

AS SETE CALCINHAS DE JANDIRA

Jandira arrumava a gaveta de calcinhas a cada quinze dias. Supersticiosa, ela dizia que, quando sua gaveta estava bagunçada, sua vida ficava estacionada. Ela sabia que precisava se organizar quando começava a fazer isso aleatoriamente.

Aos sete anos, ela já escolhia a calcinha para cada ocasião: borboletas para brincar, florzinhas para ir ao parque, lisas para ir à escola. A mãe dela, Dona Jane, via a dedicação da filha e a estimulava, sempre comprando novas calcinhas para ela. Desde pequena, Jandira cuidava da limpeza de suas peças e ficava horas no quintal, lavando e conversando com suas lingeries. Era uma verdadeira contadora de histórias.

Quando sua irmã mais nova nasceu, ela contava oito anos de idade. Naquele dia, usou calcinha branca para simbolizar o nascimento e a vida, pois também teve medo de que a mãe morresse no parto.

Ganhou a primeira calcinha de renda aos 14 anos, na cor vermelha, pois havia menstruado. Sua mãe, ao presenteá-la, falou sobre a nova fase que ela iria vivenciar e os cuidados com as calcinhas na ocasião, já que, todos os meses, por quatro a cinco dias, ela precisaria estar muito atenta para que seu sangue menstrual não vazasse e sujasse a roupa. Orientou sobre absorventes e autocuidado.

No primeiro estágio como jovem aprendiz, ela deu início a sua coleção de calcinhas bege, já que as considerava uma peça confortável e que ficavam bem com qualquer roupa que ela fosse usar. Naquela fase, ganhando o seu próprio dinheiro, começou também a sua coleção de luxo com rendas e estampas únicas. Jandira navegava na internet por horas, pesquisando novas peças de lingerie para comprar.

Ela continuou arrumando suas gavetas a cada quinze dias. Só que, ao entrar na faculdade de moda, seu tempo rareou, mas ainda continuava a escolher suas calcinhas. As suas preferidas na vida adulta, para estudar e trabalhar durante a semana, eram as confortáveis e sem costura e, aos finais de semana, desfrutava da sua coleção de calcinhas rendadas.

Era impressionante como ela atraía amigas que não se preocupavam com suas roupas íntimas. Jandira ficava chocada quando iam juntas ao banheiro ou trocavam de roupa no mesmo lugar e observava as calcinhas delas. As parceiras sempre muito bem arrumadas por fora, mas, por dentro... Então, comentava:

– Você é tão bonita! Precisa valorizar mais sua beleza com uma calcinha que combine com você.

As amigas sempre tinham a mesma reação. Afirmavam que este tipo de escolha não era importante para elas. Diziam também que os homens nem reparavam se elas usavam calcinhas ou não. E Jandira retrucava:

– Não estou falando de homens, estou falando de vocês. Pra mim, a mulher é a calcinha que veste e o quanto ela se dedica a cuidar de si mesma no seu íntimo, que ninguém vê.

Pensando muito sobre isso durante o curso, Jandira foi pesquisando e nos últimos dois semestres resolveu unir sua paixão pelas calcinhas às civilizações antigas e se dedicou ao tema: "As representações egípcias em peças íntimas na construção de identidade e autoestima das mulheres negras brasileiras". Assim nasceu sua primeira criação de calcinhas, inspiradas nos amuletos egípcios, composta de sete peças em rendas nas cores do arco-íris, simbolizando a personificação da Deusa Íris. Para cada cor havia um símbolo nas duas laterais das calcinhas, que eram: Escaravelho, Olho de Hórus, Cruz de Ansata, Nó de Ísis, Djed, Fênix e Serpente. No desfile de apresentação e conclusão do curso, Jandira, aos 24 anos, começou a narrar sobre o seu processo criativo:

> – Essa coleção não começou na faculdade, ela me acompanha desde que eu tinha sete anos de idade. Era um domingo de bastante sol quando recebemos a visita da minha tia Doralice, irmã da minha mãe. Como eu era a única sobrinha na época, ela me convidou para ir comer pastel e tomar caldo de cana na feira. Eu estava muito ansiosa e vestia um vestido curto e bem gasto pelo tempo. No caminho, antes de chegar à feira, passamos perto de uma pequena árvore. Minha saia enganchou em um galho e a minha calcinha, que estava com o elástico folgado, caiu. Naquele momento passaram dois coleguinhas da escola, que começaram a rir e apontar para mim. Eu fiquei muito envergonhada e pedi para minha tia me levar de volta para casa. Naquele dia, fiquei a tarde inteira deitada com muita tristeza. Minha tia tinha alguns compromissos e foi embora. Mas, antes de terminar o dia, ela retornou com um pastel de carne, um caldo de cana e um pequeno embrulho de papel kraft com uma fita de cetim verde. Eu abri aquele pacote com pouco entusiasmo e vi três calcinhas: uma rosa clarinha, uma amarela com desenhos de personagens infantis e uma branca com uma estrela sorridente. A partir desse dia,

eu mesma me comprometi a cuidar das minhas calcinhas para não ficar em situação de constrangimento como naquele domingo.

Me dediquei um ano a essa pesquisa, com muita dificuldade, por falta de fontes confiáveis, pois as informações encontradas relatavam que as peças íntimas nasceram na Europa. Mas outras fontes revelam que nasceram no Antigo Egito. Esta coleção de calcinhas Amuletos Egípcios nasceu para que possamos recriar a nossa história, a partir das referências diaspóricas. A intenção é que nós, mulheres negras brasileiras, possamos resgatar nossa estima, nossa ancestralidade. Neste processo, aprendi que uma peça íntima pode contribuir com a autoestima e nos fazer renascer das cinzas. Por isso, hoje estou usando a calcinha Fênix na cor laranja. Bom desfile a todos!

Ao som dos tambores, desceram fitas coloridas do teto e surgiram as sete modelos negras, representando a Deusa Íris, união do céu e da terra, personificada nas cores do arco-íris. Os aplausos acompanharam Jandira, que desfilava em direção ao abraço da sua mãe e da sua tia.

SOBRE A AUTORA

Elizandra Souza é escritora, poeta, editora, jornalista e técnica em Comunicação Visual. É ativista cultural há 22 anos, com ênfase na difusão do jornalismo cultural da periferia e da Literatura Negra Feminina. Integrante do Sarau das Pretas desde 2016, é autora dos livros: *Quem pode acalmar esse redemoinho de ser mulher preta* (2021), *Águas da Cabaça* (2012) e *Punga*, em coautoria com Akins Kintê (Edições Toró, 2007). Editora dos livros do Coletivo Mjiba: *Pretextos de Mulheres Negras* (2013), *Terra Fértil* (2014) e *Literatura Negra Feminina – Poemas de Sobre (Vivência)* (2021). Coorganizadora de *Narrativas Pretas – Antologia Poética do Sarau das Pretas* (2020), *Publica, Preta – Manual de Publicação Independente* (2022) e *Orikis – Sarau das Pretas* (Editora Malê, 2023). Participou do Festival Internacional de Poesia em Havana (Cuba, 2016); Congresso *LASA/Nuestra América: Justice and Inclusion*, em Boston (EUA, 2019) e da Conferência Lozano Long – Contribuições Intelectuais das Mulheres Negras para as Américas: Perspectivas do Sul, na Universidade do Texas (EUA, 2020). Premiada com a Medalha Theodosina Ribeiro (2022).